# うつろふ

奥坂まや
okuzaka maya

ふらんす堂

# うつろふ

# I

五月なり列車真白く野を過る

雲疾し新樹ひかりを鞭と受け

隕石の黒き密度や若葉冷

やや老いて写真館出づ罌粟の花

うにやうにやとうねつてゐたり鯉のぼり

その中の寸足らずなる粽かな

葉桜や豆腐は水にくつろげる

加藤郁乎逝く

青嵐宇宙嵐や郁乎消ゆ

嘵々と日の座月の座朴ひらく

十薬の花はしづかに退かぬなり

しろじろと姥のにほひの梅雨茸

木偶の眼に恋の狂気や梅雨深し

まくはうり月のひかりを孕みけり

窈窕と水母は老いず国老いぬ

日盛や不意に音絶え石切場

造り滝みづべらべらと落としをり

南風やぞろりと白き鱓《うつぼ》の歯

鉄鎖垂れ炎暑のコインパーキング

帰還困難区電線が灼けてゐる
熱帯夜都会は無音怖れをり

炎暑なり塔の時計は止まりしまま
プールより出づるや影がわれに憑く

南無阿弥陀仏南無阿弥陀仏蟻の列

炎天が歪む幾度見上げても

夾竹桃俺には砂が詰まつてゐる

風死してアラビア糊の気泡かな

蟬声のぢりぢりと天引き寄する

峰雲や滅ぶまでビル映し合ふ

鉤並び屠場しづかや日の盛

炎天が炎天を押し上げてゐる

大暑なり刃に羊羹のひたと付く

てらてらと南方熊楠の裸

大蛸の半眼にして獲物抱く

夕立にどつと亜細亜が匂ひけり

西日との押問答や四畳半

蚰蜒のしやらしやら通り過ぎにけり

蟻地獄穹《そら》にも開きゐはせぬか

死後は樹と同じ静けさ雲の峰

あめんぼとあめんぼの影のみ動く

溽暑なり人形の頭に毛を植うる

長茄子与太郎めきてあはれなり

欠伸して雲喰む思ひ花ひさご

取り出して電池細しよ夜の秋

白板にマーカーすべる夜涼かな

ひるがほや死はただ真白な未来

銃声を誘ふごとき夕焼なり

自販機が硬貨呑む音西日射す

炎天や何求《ま》ぎて波つぎつぎに

# II

釘抜がのつと釘曲げ秋暑し

グランドピアノの深き光沢原爆忌

八月や鶏を絞めむと軍手嵌む

巨大画面に浮きて地球は露一顆

赤々とカンナは八月の悲鳴

人形の腕がだらりと秋暑し

盂蘭盆のくちびる厚き魚拓かな

せつせつと桃むさぼりて穢れけり

肉いろの補聴器卓に終戦日
よるべなき香のただよへり梨を剝く

かなかなのあふれ出でては退《しざ》るなり

地図の上の日本ひとひら夕蜩

背中犇く駅の階段終戦日

樹々は揺れ草は靡きて魂祭

初秋や天与のいろの藍木綿

千代に八千代に簑虫簑を作り継ぐ

大喝のごとく秋天照り渡る

天高し軍手をはめてやる気になる

石榴落つ希臘の神の恋おそろし

泊夫藍や天《あま》の渚のわが窓辺

曼珠沙華目をやるたびに殖えてゐる

曼珠沙華茎の直情ありてこそ

秋のこゑ硝子籠めなる石斧より

秋天にふと糸車廻つてゐる

恋々とふるへてゐたり露の玉
色さして世より離るるははき草

錫杖のひびきの如くやんま過ぐ

秋風や死して兎の長々と

雄叫びの寄するがごとく鮭溯る

製本の小口きりりと秋日和

淙々と雲を逝かしめ草ひばり
斧振上げていぼむしり肩織し

露けしや小槌に叩く銀細工
日のなかを秋風が往き人が往き

燃えてゐる家の記憶や真葛原

口笛に青空軽し草の花

望の月雲を弾かむばかり照る

母に逢へさうなる柚子の匂かな

月光に兵が往くその中に父

鵙のころ夕日の部屋に死者臥して

月光に鎖鳴らして象老いぬ

夜長し人形の眼がカタリと開く

芒かるかや不思議の満ちて童唄

鏡が待つ家に帰りぬ鵙の声

月光に山征きにけり新豆腐

# Ⅲ

本ひらくやうに冬青空仰ぐ

鑿入れて樟の香走る冬初

喉鳴らし来る坂東の凩は
切株は日に洽《うるほ》ひぬみそさざい

山小屋の星轟々と冬に入る

高千穂や雲踏むやうに神楽舞ふ

弟のここぞと兄の根木打つ

池の面に氷りはじめの皺現れし

槍かかげ助走冬青空無限

冬荒の海を赤子に見せてゐる

大都会冬日の砂のにほひかな

人間寒し言葉を連ねビル連ね

十二月シュレッダーより紙めらめら

金《かな》籠《かご》に缶放り込む寒さかな

冬銀河頬杖つけば死が親し

氷原に日差を我に音楽を

夕暮が声捕つてゆく枯野かな

虚を摑むごとく置きあり革手套

白鳥の首をぐにやりと水より抜く
膨らんできて白鳥の羽ばたける

寒々と印刷されしわが名かな

凍晴や大路を穿つ削岩機

梟に廊下の奥の鏡かな

冬波に押し揉まれつつ鵜の潜る

叫び蔵してことごとく枯木なり

太白の孤高のひかり埠頭凍つ

ぬかるんで土が貌持つ寒さかな

鉢叩高《かう》声《じやう》月に沁みわたり

枯れきつて芒自在のひかりなり

雪嶺と小学校が村の誇り

大鍋の湯玉咲《わら》へり年の果

膝に手を重ねて年を送りけり

初日射すわれらが国は海へ開け

蛇口より水嘵々と年新た

雪の上わが影飛んで往きさうな

寒に入る撞木しづかに一文字

あかあかとひびく鶏鳴寒の入

面倒くささうに水餅みづの中

大寒や松葉浮かびて沼うごかず

万象枯れ人間の声なまぐさし

雪に射す月光が母連れてゆく

原子炉の裡の真闇に雪とどかぬ

海鳴りは死者の魂鳴り水仙花

日の射してやや濁りたる氷かな

少年の手が水仙をいきなり抜く

むくつけき冬芽となりし辛夷かな

鮟鱇の横着さうな眼なりけり

息の根のごとき海鼠を掴み出す

# Ⅳ

きさらぎやはりと開きて新刊書

川は日に応へて疾し蕗のたう

春浅し化石の魚は鰭を張り
日にかざすわが手儚しねこやなぎ

うすらひの端は水とも光とも
残雪や実生のすでに檜の香

春寒し船荷真赤なドラム罐

きさらぎや風の水面の細《ささら》立ち

王道の香気なりけり白梅は
本堂の残雪松葉交じりかな

料峭や掛けて背広の肩の張

抽出がずんと閊《つつか》へ春浅し

椿咲くいまは闇棲む親の家

天に乳《ち》を含まするごと芽吹くなり

全員を容れて船発つ朧かな

真白な風船なれば海が攫ふ

石垣好江さん逝去

淡海の雁引き連れて逝きにけり

白魚呑む月のひかりが喉過ぐ

鶴帰る緋色の蒲団畳みあり

雪嶺に藍漾へり雛祭

やどかりの脚あふれ出て動きけり

やどかりのやつさもつさと進みをり

吉事《よごと》呼ぶごとくに蝌蚪の揺るるかな

若鮎の切つ先成して遡る

焼野原星ことごとく瞬かず
蛙鳴き天にさざなみ立ちしかな

声は去り門は朽ちたりすみれ草

日の干潟よろぼひ行きて死者に逢はむ

あをぞらに白木蓮の揉み合へるかな

ぼってりと太陽赤し灌仏会

本ひらきベンチわが舟春の草

市電ゆつくりひかりを進む日永かな

たんぽぽはジャズのリズムにのつて咲く

一弁のでろりと垂れしチューリップ

クロッカス汽笛は刻をゆたかにす

馬乗に削る丸太や風光る

幼な子を花に捧ぐること掲げ

庖丁に押切る生麩春深し

小学校からの親友逝く

桜咲き充ちコンチクシャウおまへは居ない

わが肉《しし》もいづれ炎に散る花吹雪

桜満開なんだか水の中みたい

祈りにも似て少年は蝶殺む

肉饅の襞嫋々と春逝けり

一山の絶唱の花吹雪かな

桜散るいつもわれらを置去りに

# V

調教のシェパード疾駆夏はじめ

五月来ぬ葉騒淋漓と楠大樹

矢車鳴るきれいに揃ひ死者の足

嶺々は雲押し出だし武者幟

初夏や草をくぐりて水聡し

日と月と寵を惜しまず植田原

橡咲くや山川せつに奔放に

水無月や灯を消して部屋沈みゆく

筒鳥に彼方が近くなりにけり

どの窓にも老人が居て梅雨深し

淵成せる柩へ母を花卯木

揺れ止みし青蘆原の不意に巨き

白南風や走りて馬の充ちゆける

折れむばかりに曲りとうすみ交むなり

わが影を奪らむと泉澄みゐたり

悼　村上護

夏萩や死者の白髪こそ耀ふ

青蜥蜴一身岩に遊る

炎熱の道路鏡われ映すのみ

灼くるなり声を捨てゆく街宣車

頭上に巨き振子あるごと暑を歩む

炎天や絵具のチューブどれも歪み

ぎりぎりと上がる水門夏薊

吹かれては日の丸古ぶ雲の峰

行列のしづかに進む西日かな

夾竹桃われと死者との米を研ぐ

風涼し左舷にひらく天の川

日盛や森は地球のしづかな夢

みんみんの声次の声押し出だす

黒き虻登山の汗のわれを欲る

下山して雀親しや立葵

あめんぼう上つ調子に進むなり
誰も居ぬプール一機の爆音過ぐ

ケニア　六句

灼熱の大地を呼吸するケニア

獅子の眼の飢にかがやき草灼くる

日盛や全き拒否として黒犀

朝涼し跳ねてガゼルは風の精

サバンナタ焼大《おほ》祖《おや》が鬨挙ぐるごと
出アフリカ以来われらの日焼かな

# Ⅵ

皆どこに往つたのか白昼のカンナ

硝子戸に指紋くつきり原爆忌

残暑なり藪を根こぎのショベルカー

レモン一顆つめたき声のごとく在り

地図の上の真赤な日本原爆忌

打ち上がり花火韋駄天走りなり

捨てられし靴が音欲る敗戦忌
鉄筋が瓦礫に突き出カンナ咲く

血走れる眼球模型敗戦日

盂蘭盆の蛇口より水むさぼれる

水入れてコップ影もつ震災忌

颱風や裡ぎらぎらと魔法瓶

芋虫のみちみちと喰み進むかな
摑みたる吊革キシと厄日なり

たらちねの母のにほひの稲の花
深き淵へ降りゆくごとし桃を喰む

汗ばみてをり鶏頭の襞のなか

実石榴のわわしく裂けてをりにけり

こつてりと日の当りをり種茄子

秋高し疾駆にしぶき馬場の砂

秋天やみな直立に死者送る
いつせいに揺れて音無し曼珠沙華

残響のごときくれなゐ石榴の実

無花果や睡魔が暗き水面より

遊蕩の色となりたる熟柿かな

里山を斎きて木の実降りにけり

野にわれが最も高し秋の風

秋晴や拭きて机の木が匂ふ

星なべて自壊のひかりきりぎりす

蒲の穂や大河全面照りて無音

縄文土器は渦巻くちから鳥渡る

海しづか古歌のごとくに秋夕焼

十月の天は真青に打ち下ろす

熱源はわれの身体や葛の花

山あれば空悠々と新豆腐

死者の声再生したる良夜かな

月光の鎖が縛し氷川丸

ビル街の月光の水圧を往く

秋深し風に沁みゆく山羊のこゑ

蔦かづら死者の枕辺鏡澄む

病室に動く秒針月光裡

冬近し雨に線路の砂利潑剌

鵙が鳴く天の何処かで扉《と》が開く

蠟紙に包む薄刃や冬隣

月射してビルも私もいづれ砂

# Ⅶ

冬来たるごとりと嵌めて乾電池

軽業の少女のチュール冴ゆるなり

はつらつと揚がるコロッケ冬はじめ

笹鳴や日向は刻のゆつくりと

落葉降るはるかを杖の父

光陰のしづかに大河冬の草

霜の夜や死者の傍《かたへ》に五感鋭し

葛湯溶く星の産まるるやうな渦

払暁や鳥籠の水寒くにほふ

青空は虚言ゆるさず氷面鏡

山の池鬼が見詰めてゐて冰る

梟に階のしまひを踏みはづす

地下街のひかり均質十二月

菠薐草辛抱強き緑なり

叩き割る豚骨にほふ寒さかな

凍つるなり宇宙の闇が窓にまで

野に山に枯みなぎりて醇乎たり

極月や白く飢《かつ》ゑて磧石

喪の家の廊下清らか石蕗の花

夜空解き放ちて雪の降り始む

滅びよと黒き手袋落ちてゐる

闇汁のぼこりと大き泡崩れ

蓮枯るるおのれを支へられぬまで

コンテナの断崖積や埠頭凍つ

鶴の声天に風穴ひらきけり

洗はれて意気軒昂の大根かな

海原はひかりに研がれ鶚《みさご》飛ぶ

風濤か勇魚か沖の輝くは

山に雪来て箸箱の死者の箸

雪嶺を祝ぐ鉄橋の汽笛かな

櫓田の氷ぱかぱか張つてをり

首出して大根が呼ぶ寒暮かな

砂の音立てて寒月光が射す

寒晴や高さ貪るビルの群

桟橋の灯に雪片の大わらは

雪降るや団地の窓は灯飼ひ

寒夕焼生死《しやうじ》蔵して海しづか

水裂きて錨上り来寒日和

屋根の雪じんわり割れて落ちにけり
ひらがなのここちの日向ぼこりかな

歳晩やひかり率ゐて大河往く

貨車溜月光溜大晦日

玉子割るやうに今年となりにけり

初夢の覚めては壁に日当たれる

寒晴の釘いきいきと打たれけり

浜捨ての鮫かがやける寒暮かな

まじまじと海鼠を見てをれば縮む

鮟鱇の恵比寿笑ぞ畏ろしき

# Ⅷ

投擲の円盤春を豁《ひら》くかに

春浅し川総身の鱗波

春の雪柩に入るる靴磨く

きさらぎやショーウィンドウに刃物澄む

椿落ちしづかに飢ゑてゐたりけり

春寒し運河の面灯に皺む

残雪や竹刀打ち合ふ音明るし

勘三郎亡し浅草の春の突風

豚足をごろごろ売れり春寒し

球根の肉割りて芽の二三本

紅梅のくれなゐ憑きし雨滴かな

沈丁花死者に朝の新しき

海原《うなはら》は天原《あまはら》呼ばひ崖椿

蛇は穴を吾は罵りの家を出づ

訓示長し真赤な風船が空に

キイキイとぶらんこの音死へ近づく

古雛しづかに人を蔑《なみ》しをり

女雛にも髪衰ふといふことあり

とろとろと注がれふつくりお白酒

蛤の天真爛漫にひらく

啓蟄やどかどか干され柔道着

遠かはづ姿鏡が夜にひかる

むず痒しお玉杓子に足出でて
おたまじやくし肢余らせて泳ぎをり

春風を聴いてをるかに死者の耳
かげろふの中にわれ待つ椅子ひとつ

オートバイばふつと停止春の雲

春風や針おほどかに花時計

山々は雲に息《やす》らひ桃の花

桃咲くや牛の若《わく》子《ご》の藁まみれ

あたたかし継粉《ままこ》ぽこぽこ箸のさき

ひろびろと波打つ布のやうに春

綿菓子の渦と湧き出で弥生なり

深々と死者の眼窩や百千鳥

ロック響かせトラック過る桜かな

夭々と雲灼々と花菜畑

咲き充ちて刃のつめたさの山桜

桜咲く鏡のなかの方が広い

一睡に乗越して花吹雪かな

花吹雪面上ぐれば誰も居らず

子を喚ばふ母の声とも花吹雪

八重桜雅楽のやうに雲流れ

春深し木馬駆くるは地に触れず

鉄敷の疵かがやけり夏隣

春の星この世限りの名を告ぐる

# あとがき

『うつろふ』には、第三句集『妣の国』に続く、令和三年一月までの三百七十句を収めました。

『妣の国』を上梓した平成二十三年には、東日本大震災という未曾有の災厄が起こり、今またコロナという未知の疾病《えやみ》の跳梁の最中です。この十年の間、同年代の友の死も幾度か経験し、特に小学校以来の親友の逝去に対しては、心の傷が疼いてやみません。

『妣の国』は、俳句の師や先達との別れ、両親の看取りなど、私にとって死者を送る句集でした。『うつろふ』は、自ら死と向かい合う句集となったと感じています。

同時に、水を豊かに湛えたこの星において、束の間の生を共にする季語への思いも、ひとしお深いものとなりました。一日の生で終わる蜉蝣も、何十億年か存在する銀河も、季語はすべて、「うつろひゆくもの」「滅びゆくもの」です。私も「うつろひゆくもの」のひとつとして、願わくば死を迎えるその時まで、季語に捧げる俳句を詠み続けたいと願っております。

第一句集以来総ての句集を、最も心惹かれる装幀者である菊地信義さんに装幀していただけたことは、最高の喜びです。ありがとうございました。

令和三年春の畢りに　奥坂まや

## ●初句五十音索引

### さ行

## た行



## な行



## は行

## ま行



## や行

## ら行



## わ行

著者略歴

奥坂まや（おくざか・まや）

昭和25（1950）年　東京生
　同61（1986）年　俳誌「鷹」入会、藤田湘子に師事
　同62（1987）年　鷹新人賞
平成元（1989）年　鷹俳句賞
　同 6（1994）年　第一句集『列柱』上梓
　同 7（1995）年　同句集で第18回俳人協会新人賞
　同17（2005）年　第二句集『縄文』上梓
　同23（2011）年　第三句集『妣の国』上梓

現在　　鷹同人・俳人協会会員・日本文藝家協会会員
　　　　ＮＨＫ文化センター講師・朝日カルチャーセンター講師

著書　　『現代俳句の鑑賞事典』（編集・共著）
　　　　『鳥獣の一句』『飯島晴子の百句』他

現住所　〒157-0062
　　　　東京都世田谷区南烏山2-31-31-111

句集
# うつろふ

二〇二一年七月一六日 第一刷
●著者――奥坂まや
●装幀――菊地信義
●発行者――山岡喜美子
●発行所――ふらんす堂
〒一八二―〇〇〇二東京都調布市仙川町一―一五―三八―2F
TEL 〇三・三三二六・九〇六一 FAX 〇三・三三二六・六九一九
ホームページ http://furansudo.com/ E-mail info@furansudo.com
●印刷――日本ハイコム株式会社
●製本――株式会社松岳社

ISBN978-4-7814-1370-9 C0092 ¥2800E
定価＝本体二八〇〇円＋税